深谷 최중기 네 번째 시집

민들레 피는 언덕에 서서

국립중앙도서관 출판시도서목록(CIP)

민들레 피는 언덕에 서서 : 최중기 네번째 시집 / 지은이: 최중기,
-- 서울 : 한누리미디어, 2009
  p. ;   cm

ISBN 978-89-7969-352-2 03810 : ₩7000

한국 현대시 [韓國 現代詩]

811.6-KDC4
895.715-DDC21   CIP2009002758

최중기 네번째 시집

민들레 피는 언덕에 서서

한누리미디어

네 번째 시집을 내면서 '시상, 시심, 시재'도 부족한 시편으로 시집을 또 다시 낸다는 것이 참으로 부끄럽습니다.

그러나 그동안 힘들고 벅찼던 여러 굽이를 거치면서 틈틈이 메모했던 시어들을 시로 담아 내놓았습니다.

따뜻한 배려와 더더욱 정진해 보라는 채찍 부탁드립니다.

감사합니다.

2009. 9.

무명촌에서 저자 **최중기**

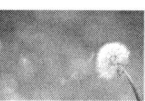
제2부_ 귀향

제3부_ 민들레 피는 언덕에 서서

제4부_ 우리는 하나

제5부_ 담장 넘어 들려오는 사랑의 소리

민들레 피는
언덕에 서서

제6부_ 뚝배기 사랑

15
_
민들레 피는 언덕에 서서

제 1 부

낭만과 풍류

염색

머리칼을
집어넣어
그 후 삼십분

변한
모습
숯덩이

더
젊어 보고 싶은
속된 마음

찔끔
눈물이
글썽이고……

우산

후두둑
저벅저벅
움직이는 잡버섯

발끝에는
물꽃이 피고지고
스며드는 습기는
몸을 움츠리게 한다

그래도
견딜 수 있는 건
함께 있기 때문

비 오는
날만의
동행이던가

그림자

숲이
있어
즐겁다

새소리
있어
귀가 열리며

산이
있어
골이 생기고

내가 있어
흔적이 깃드니

빛 따라
동행하는
영원한 동반자

은밀한 여행

은밀한
색정을 품고
떠나는 여행

언덕 넘어
바위 틈 돌아돌아
찾아든 골짜기 아래

숲으로 도래질한
돌 틈새 사이로
손놀림 따라

흘러나는
분주한
우물터

어느 주막

밤안개
피어 오르는
신림동 마루고개

강촌은
간데 없어도
물소리 변함없네

주모의
눈길에
길손도 자리 푼

그
눈빛
울림이던가

아—
현대판
황진이

비
내리는
강촌을—

소

송아지
부름에
귀가 열려

외양간
벗어난
자유

초목에도
생기가
돌고

삶을
씹듯
새김질하는

넉넉한 여유

낭만과 풍류

도시
속의
고요

주선(酒禪)에
든
지금

술잔
속에
시름 풀고

눈빛
속에
사랑 둥둥

호수

세월이
밤달을 물고
빠진 호수
유독 안쓰럽다

옷 벗은
버들가지
시린 발 담근
물소리에 취한 곳

물거미
줄을 걷고
떠나간 자리

찰랑대는 물무늬
변저리 세월톱
자연의 주름살이던가

간간 띄운 조각배

선장도 없이
돌고 도는 계절의 숨가쁜 호흡
그리고 어둠톱

스미는
찬 기운
늦가을 밤은
호수로부터 오는 건가—

독도는

해를 밀어 올려
빛을 발하게 하는 곳
동녘 하늘 아래 그 섬은

수억년 모습대로
밝히는 동방의 창문이다
그리고
배달의 얼이다

누가 감히
심장부에 비수를 꽂으려 하나
왜색 짙은 작은 활화산 섬에서

저―
보았는가
물새 떼 노니는 동방의 문턱 아래
바위섬은

떠돌던

최중기 네 번째 시집 _

갈매기도 짐을 푼 둥지다

젖줄기의 모태인
우리 땅!

어머니의 가슴이다
민족의 혼을 담은
삼태기의 손잡이다
독도는—

동행

장 속
고름이 운다

전문의
비상이 걸리고

성상 한 갑자
막바지 오르는 고개

마지막이 아니었으면
하는 바람
욕심이던가

아니면
삶에 대한 애착이던가

마시고 씹고 피워대는
그 힘든 과정도 견뎌준
너 사랑한다

더구나
배설의 작업까지
부부는 끝까지 동행 못해도
우리는 동행한다

힘든
인내 참아준
영원한 동반자 장기여—

악연

늦잠자다
아랫도리
깨운다

급한 물줄기는
냉수부터
부른다

엊저녁
변비 한 알로

마셨던
탁배기 탓일까
양변기 흔적 더덕더덕

끊을 수 없는 인연
변비의 전쟁은
휴전도 없던가—

주름4계

물결이
찰랑대는 오선지 위

당신들이
이마에 주름살을 그었나

수평선 넘어
갈매기도 줄을 긋고
하루를 지우는 일몰

평화롭구나!

너풀거리는 새털구름
짙게 물든 저녁놀

물파주 이는
모래톱 틈새
잠든 조개껍질 하나

박꽃

피면
해는 기울고
오는 어둠

그림자
지우면
저민 가슴

하얀
하회달 되어

밤을 열어
별빛과
놀던 님

최중기 네 번째 시집

모정

독거인
사는 집
낡은 문설주

오는 명절
인기척 일면

텃밭
챙기는
모정

어미의
주름굽이
도는 눈물겹

낙엽의 열애

발정난
수캐처럼
밤이면 솟는 연정

잠자던
바람이
눈을 뜨면

울림을
거느리고
속삭이며

뒹구는
달빛 핀
밤거리

제 2 부

귀향

회한

귀뚜라미
울림을
들으면서

쪽방 앉아
눈물의
술잔을 비우고

때 묻은
홑이불
잠을 청한다는 건

한 많은
노숙자보다
행복하여라

추석 명절
보름달
달도 밝구나

아쉽다 독거인
올리지 못한 정한수
죄스러운 부끄러움이—

취객

제 정신인가
발로 표현하고
눈으로 헤매인다

손으로는
허공을 잡으려
한다지만

잡히지
않는 손은
발걸음도 휘청거린다

입으로
독설 퍼붓고
눈은 이미 멀었다

이승인지
저승인지
바람마저 비켜간다

말씀

희생
담긴
십자가

칠거악
씻는
생명수

독생자
흘린 피
부활로

열린
하늘나라

매화

서민촌
처마 끝
싸락눈 내리고

핀 적
없이도
당당한 매화가지

비웃듯
쏘아보는
화분 속 시든 국화

혹한도
아닌
영하 1도

마디 마디마다
씨눈 속에
꼭꼭 감춘다

기지개

팔
올리면
새벽별 웃고

창틈 틈새
스며드는
찬 기운도 반가워라

조각달
눈비빔도
고울 듯

어둠이
끼죽대도
하루를 여는 여명

진달래

봄이
풀어 헤친
살내음

맑은
속살
드러내고

산 산마다
들 들마다
타는

계절의
환한
웃음

연꽃

잔잔한 파문
못 모서리
달 따라 연등불 밝히고

진흙
속속들이
퍼올린 그윽한 향

번뇌를 풀어던지고
피어오르는
청아한 미소 —

흐름

봄눈
녹으면
도는 물굽이

이수석(二水石)
둘레를
뱅뱅 도는 물방울

발 담근
버들가지
타는 설레임……

독백

불을
밝히니
베개가 웃는다

유난히
싸늘하게
익어가는 밤

창밖은
귀갓길 바쁘듯
밤을 가르고

여섯자 여섯치
몸을 누워도
비친 창 밤 그림자
바라봐도

희망의
두견새
오지 않더라

좌판거리

늘
오일장이면
늙은 할멈 좌판

쭈그린 면전
입맛부터 다시는
허기진 호기심

인색한
여인네
반갑지 않은 손님

입가
쓴웃음
또 한 줄기 이마엔

골이 패이고
파장 직전
챙기는 세월

주섬주섬
나이를 담아
봇짐에 싼다

노송

자비가
가득한 산사
선승의 체취 휘감아 돌고

선방에 든 스님
삼매에 들어도
무거워지는 삶

그리고
나—

열반에 든
노송의
옹이 끝자락마다

줄 이은
연등빛
자비로워라

산사는
깨어 있는 하루
노송의 깨달음에
고개 숙이고……

우레

칼바위를
스쳐가다 다친
바람이

뚝뚝
흘리는
피눈물

그리고
노송의
몰골

귀향

아침놀
연등빛 홰에 오르면
두렁 위의 젖송아지 품질하던 반나절

낙엽도 가랑비에 헹궈지고
도토리 알밤도 멱감던 곳

흐르는 실개천 모퉁이 돌아돌아
중기가 살았던 토담질 틈새는
기다렸듯 내민 낯거미 눈빛

옛 생각 그립다
춘자도 오라 할까

질화로 재식어 설익은 고구마도 맛나던
개똥이네 집은

오늘따라 비었나
짙은 마당가

보복상

장터는
민족의 맛이
익어가던 날

졸던 자리도
눈매 풀어 반기고
더불어 저잣거리 훤하다

가볍다
어깨 풀어
봇짐 내리고

탁배기로
주고 받는
낯선 얼굴도

오일장터는
정겹다
다음에도

이 자리
정을 팔러
또 올 것이다

병따개

빙벽 타다
얼어 붙은
슬픈 방개

구천을
떠돌다 지쳐
박제가 되었나

무슨 미련이
그렇게도
많아

올라도
올라도
그 자리던가 ―

제3부

민들레 피는 언덕에 서서

포장마차의 귀갓길

어느
고택이 있는
작은 마을에
첫눈도 머리 푼

장대 숲속
댓닢 등허리
구슬 구르는 소리 즐겁다

참새들
입놀림도
기쁘다 웃네

뜨락을
안고 도는
누렁이도 한몫 낀
이 겨울 첫 문을 그렇게 열던가!

저 건너
마을에도
파장 정리한
밀고 끄는 지친 귀갓길 반기듯

어디선가
예정 없던 개 짖는 소리

그 위
알듯 모르듯
눈발만이 뱅뱅 돌고……

보존본능

배랭이 풀
엷은 속살
배시시 내밀고
하품하던 반나절 쯤

산머루 묵정밭
새순 터트리도록
바닥 보듬고 흙 고르고

일궈낸
두렁 위 허벅지
거름지펴 불 댕기면

밤새
불쑥불쑥 치솟는
배꼽 아래 자존심 하나로

어둠 몰래
흙 뒤집어

수태를 꿈꾸는

발아하는
씨앗들

전원 스케치

모퉁이 숲
버섯 같은 초가집 하나

해지자
기러기 꼬리 잇고

출렁다리
타고 넘는 보리숲
일렁이는 바람의 곡예

이랑 위의
두렁길
눈길로 타면

땀 젖은
촌부의
풍기는 골이랑

낙석의 흔적

석란향
풍길 겨를도 없이
울파주 일던 가을밤

시선 멈춘 곳
상처 가엽고
왕진도 할 수 없는 오지

텅 빈 흔적
다람쥐 이미 점 찍은 곳
누가 오란다 해서 갈 리 있겠나

떨어져
머문 그 자리
바라만 보아야 하는
낙석의 슬픈 눈빛

윤달이면

수의집
장의사
분주하구나

구천을
헤매이던
영혼도

무당집
문전을
기웃거리고

까악까악
까마귀
외딴 산 속

숲속도
밤이
길구나

윤달이면
기회로다
천도 못한 영혼들

끼리
끼리
줄을 서고―

이별

돌아
선다는 건
힘든 정까지도 내려놓고

서서
눈물
훔치면

아직도
미련 남아
맺힌 미움

고이
보내기엔
마음이 아파……

가을걷이

허수아비의
어깨춤
참새들

기웃거리던
메뚜기도
한마당이로구나

저울질
하던 손길
지쳐서 눕고

반딧불이

망곡산
산허리
해가 걸리면

양금산
산 아래
어둠이 깃들어

차탄천
흐름 따라
덕냉이 골엔

풀숲
숲숲마다
초롱불 달고

풀벌레
지저귀는
바지배미 버선배미

모이삭
풀이슬에
머리감고

멍석 편
마당가 모기떼들
사려둔 이야기 밤을 지샌다

장기기증

언제
어느 때라도
수저를 놓을 때

나를 주겠소

쓰다 남은
여분
모두 주겠소

그러나
설움과 고통은
가져가겠소

장백폭포

분단의
아픔도
아랑곳 없이

늘
곧고 바른 자태
품어 흘리는 여유

한 줄기
배달의 얼이다
민족의 혼이다

세탁기

뒤집을 일이다
쓸어 버릴 일이다
돌리는 일이다

헹구는 일은
세상을 바꾸는 일이다
찌든 만치

자금자금
씹는 일이다
그리고 너는 일이다

빛 받아
말리는 일이다

얽히고 설켜도
선을 지키는
순리이다

고독

탁배기
빈잔
잔을 채우면

꽁초는
이미
자리에 눕고

창밖
밤 그림자
잠이 들었어도

그리움
도지는
밤이 일면

한밤새
쌓인
눈더미……

민들레 피는 언덕에 서서

잡풀이면서도
언제나
나불거리는

어디서나
서럽게
짓이기고 밟혀도

쑥쑥
다르게
꽃대궁 올리며

솟아오르는
초록빛
날개

더더욱
길손
먹거리에 뜯겨

하얀 피
흘러도
꿋꿋한 놀라움

머리도
풀어 날린
득도한 탁발승

철마는 달리고 싶다

달리고 픈
경원선
도는 굽이마다

구렁이
담넘듯
지나가는 꽃기차

가다
끊긴
북쪽 200리

망향의
눈시울
붉히는 그리움

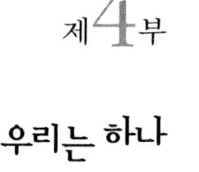

제4부

우리는 하나

취객의 귀갓길

목로주점
간판
눈길이 손짓하면
주모의 입술이 각인된
한 잔 술에 목을 축인다

밤달은
밤중빛 이슬 맞닿아
중턱을 넘어섰고

유희의 밤나절
파장 막바지는
생존의 피울음

요란한 설음(舌音)의 거리
가로등도 숨 죽인다

가슴팍을
조이면서

어둠도 떨고 있는 탓일까

풀숲 잎새
이는 바람도 취했던가

터벅터벅
걷는 길도
차고 세차다

개망초

토담집 틈새
수줍은 개망초
그리워 내민

빠알간 볼
기적소리
울림에

흐르는
바람결

짝사랑

미운
사랑

건널 수 없는
큰 강

배가
없으니

바라만 보고
있어야 하는

슬픈
견우

연정

목마른
나그네

바가지에
뜬
버들잎 연정에
눈 맞춘 당신

가는 길
바빠도
되돌아
눈길 주며

떠나는
아쉬움

오 염

겨울은
갔어도
잔설은 남았는데

실개천
물울음
속타는 듯 들린다

혼들을 위해
노제라도
지내는 듯

실개천
물울음
슬피 들린다

우리는 하나

뜨거운
녹차 향에
부부사랑
지문 되어

주고 받는
녹차 잔에
사랑 둥둥
정이 떴네

오가는
길손들도
주목 받는
천생연분

봄소식

봄비가
쪽강 타고
오고 있다

훈풍도
새싹도
강남 제비도

봄편지
챙겼단다

설레이는
기다림

독백

침상 위에
가부좌
틀어 놓고

홀로 핀
들꽃 같은
타는 목마름에

탁배기
한 잔 술에
님 향한 그리움

허전함
달래주는
주고 받는 두 잔 술

귀가

산 속
산 머루
낡은 토담집

문살은
뒤숭숭
고운 햇살 가득하다

주인 떠난
마당가
잡초가 놀고

먼 산
산자락
돌고 도는 낮안개

이고 신
댓돌 위
신발짝 하나

속죄

왔다
나는
그 험한 육십고개

나
대신
옷이 없다

선량한
삶을
살았던가?

죽음의
무덤은
다가오고

그 문을
열라면
속죄해야 하나

영생의

길 열라면

열쇠가 있어야 하나

낮잠

혼신으로
뿜어 내는
요란한 숨소리

땀방울
걷어내는
가녀린 바람의 손길

오수에
잠긴
촌부의 잠꼬대는

휴식에 깃든
뚫린
코골이

가을비

계절이 토해낸
통절의 육성
들리듯 말듯
울리는 아쉬움

매몰돼 가는
겁먹은 계절
발걸음 재고

겨울을 빚어내는
손끝 마디 마디마다
비를 뿌린다

낙엽은
딩구는데도……

하루를 열며

TV가
입을 열면
침묵의 밤
전열이 흐르고

쌓인
궁금증도 풀린다
코드를 맞추고 보면

들녘엔
새벽 기운이 돌고

미루나무
까치 가족들
오순도순 모여 논다

나 홀로
나서 본
오늘 하루

신선감 있는

산뜻한
꿈
있을까

텃밭

아침이
열리면
분주한 일터는
살아 있는 무대

하늘은
하얗게 물들고
땅은 돌아가는 굴레처럼
너울너울 춤을 춘다

마디 마디마다
이어지는
이랑 위에도
식솔들 함께 하는
살아 있는 무대

제5부

담장 넘어 들려오는 사랑의 소리

송사리떼

자맥질의
폭포수
부서진 물거품에
입질하는 송사리떼
발길 더듬다가
물 위를 걷는다

지느러미
흔들어
별을 부르고
콧수염 뻗쳐
해를 딴다

빗자루

물 한 모금
구슬 하나에
전이(轉移) 되어

입깔로
들어온 빗자루

가슴에 잉태된
바람을 쓸어 버리더니

어느새
강한 눈빛이 되어

보이는 건
천지다

눈알이
도끼로 찍듯
우주를 찍는다

부러진 가지에도 잎이 돋고

부러진
가지에도
잎이 돋고

바람이
나무를 타다가
떨어졌구나

다친 허리
간병 위해
바람을 부르더니

어느새
잎새는
생기 발랄하다

임종이
가까이 와도
잎을 피우는가

실직자의 비가(悲歌)

파리채
하나로
종일
인생을 접긴
아깝고

눈깔 뒤집힌
마누라
옆은
겁나고

나 어디로
가야 하나

지하철에
둥지 튼
노숙자들도
만원인데

토종 꽃뱀의 이동

먼 나라에서
건너온 바람은
물 좋은
강남쪽으로
모여들어
귀빈 대우를 받더니

그것도
모자라
발기한
사내들의
품 속으로 파고 들어
낙엽이 되고

도시에서
밀려난 토종 바람은
어느새
고풍이 되어
산사
뜨락에서 졸고 있다

운악마루 쉼터엔

구름이
업고 가다
놓고 간 마루에는

기러기도
지나다
쉬어간 자락

뜨락엔
민들레 벌나비 부르고
신선도
걸터앉아 피리를 분다

쌓인
시름 풀고 가는
길손들의 보금자리

함께 쉬어 가는
운악마루
그 쉼터엔……

구렁이 허물 벗는 소리에

타는
달빛 밤

스멀거리는
별꽃들이
무성한 한밤에
장독대 뚜껑 여는 소리

별빛을 보내
살피라 했더니
된장을 훔쳐 먹다
놀라

흰 옷 벗어 놓고
푸른 옷 걸치고 달리는
그건

승객 없는
지하철

하늘을 보며

바다도
산도
강도 있는지

봄 안개 가려
보이지 않는
그 곳엔
꽃도 나무도 있는지

꿈은
꿈인데

그래도
달은 떴네

빗줄기도 꽃을 피운다

붓는
장대비
춤추는 물무늬가

그립던
빗방울
품에 안긴다

뱅뱅이
장고채
담배 꽁초도
물미끄럼 타고

기다렸듯
창을 뽑는
가뭄의 물비린내
타들어 가는
농심에 흥을 돋구누나

빗줄기도 꽃을 피운다
빗줄기 꽃을

물꽃이 피고지는
흥겨운 마당가에

바람은 식도락가

내 볼을 후비는
바람도 맛을 아나

어제는
갈대숲을
오늘은 나를 후빈다

식성도 골고루
물도
나무도
도시빌딩 숲도

골고루
맛을 본다

입맛을 다신다

강변식당 누각에서

매운탕
전문점인
강변식당
누각에서

강변을
바라보니
배만
홀로 떠있네

사공은
간 데 없고
봄기운만
감도는데

술잔에 뜬 구름아

청정 하늘
구름 한 점 없고

떠도는 중생들
쇠 울음
요란한데

허공을 헤매다
내려앉은 구름아

사람 그리워
바람 타고 왔는가

언젠가
낯익은
술잔에서
만나니……

담장 넘어 들려오는 사랑의 소리

담장 넘어
들려오는 사랑의 소리에
설레임으로 창을 열었더니

소꿉친구 춘자가
몰래 싸온 감자 몇 톨
그리움이 가물거리고

마음
벌써
물레방아
움집에 자리를 편다

오랜
기억 저 편
바램이던가

소리없이 담 넘어
쏟아지는 그리움
달빛도 슬프다

순대집에서

속이 꽉찬 순대
입맛 피는데

무임 승차 내부에
사연을 묻어
주고 받는 술잔
시름 풀고 지고
건축현장 해머 소리
희망을 심는다

일상사
지고 가는
길손들도
가슴에 묻어 두고
오늘도
힘든 삶
순대 같은 지하철인가

조롱박 우물터

군자산
아래엔
차탄천이 흐른다

앞 뒤
둘러싼
임진강이
다가서고

소요산 절터
원효대사 머문 자리

못다한
소월의 진달래
봄이면 피고 지고

범부중생
씻으라는
조롱박
우물터

달래가 탕 속으로 들던 날

관능의 몸매가
속살 드러내고
머리 풀어 발 담그니

염탐하던 바람둥이
조여 오는 욕기에
몸 담고 싶어

붉은
치마
드러내는
허기진 유혹

욕기 찾아든
숟가락 간통

제6부

뚝배기 사랑

내리는 비

하늘은
검은 빛
소식 있는데

나른한
춘곤증으로
졸음 오는 한낮에
단잠 깨니 빗소리라

발아하는
씨앗들
힘 되라고

종일
내리는 비
그칠 줄 모르는데

비가 내린다

내릴 자리
더 이상
없는데도

땅은
질퍽거리고
비가 내린다

태양은
구름으로
창을 가리고
오수를 즐기는데

비는
구름을 뒤로 하고
종일
내린다

빈 병들의 외출

폐품 수거
알리는 기별에
낮잠 자던
빈 병들
눈을 뜬다

인고의
긴 겨울
힘들었던가

분주한 손놀림으로
차에 오른다
뜰 앞이 훤하다

기다리던
빈 컵들이
갈증 느낄 때 쯤이면
다시
쌓여질 빈 병들

복권 한 장에 기댄 삶

마음 속
깊숙이
숨어 사는 자본

잘 나가는
사람들의
몸무게만큼이나

자본을
닮아가고 있는 건가

당당하던 가난
자랑스럽던
빈 마음

닮아가는 자본으로
채워지는
부끄러움

입이 즐겁듯이

새소리
귀가 즐겁듯이

봄 나물
향내음
된장 국
무침 나물

입이
즐겁듯이
새소리
귀가
즐겁다

그대 품

높은 곳은
오를수록 낮아지고

낮은 곳은
오를수록 멀어진다

삶은 오르고 올라도
그 자리뿐

삶은 가는 것
산은 오르는 것
그래서
오르고 싶어 산을 탄다

산은
오르면 오를수록
가까워지는
그대
품 같은 것

삶은 가는 거

삶은
사는 것이
아니라

삶은 가는 거구나

가는 길은 분명 같은데
삶의 모습은
다르구나

그래서
삶은
사는 것이 아니라

삶은 가는 거구나

처마 끝 외등

어둠을
향해
빛을 뿌리는
처마 끝 외등이여

혹이나
늦손님
기다리는가

창공에
둥지튼 태양처럼
온누리는 아니더라도

처마 끝
강인한 삶
씨알처럼
영근다

매는 밭고랑

온종일
익은 햇살로
매는 밭고랑

어느새 지치면
땀방울 훔치며
하늘을 본다

풍요를 열망하는
열정을 아는 듯
밭고랑
타고 오는 풋풋한 향기

저 멀리
지저귀는 종달이의 노래도

피곤으로 얼룩진
땀방울
가져간다

냉이의 봄나들이

뒤뜰
텃밭에
겨울 잠자던
냉이 몇 뿌리

겨우내
감췄던
앞가슴 제치고

잠자던
별을 깨운다

그것도
대낮에—

초저녁 밤풍경

달빛이
풀어 놓은
뜰 앞에
생쥐가
어둠을 줍고 있다

인기척을
뒤집어 쓴 채
두리번거리면서도

사랑방
수다스런 촌부들의
세상사 독설도

초저녁
밤 풍경
익숙한 듯……

사월의 산야

하늘에서는
봄비가
구름을 부르고
움트는 망울들
터지는 소리 요란한데

초록 모자 눌러 쓴
사월의 산야
나약한 숲들은
둥지 틀고

솔바람 일으켜
꽃망울
터뜨린다

비웃음

쓰디쓴
소주잔에
가슴을 묻고

들뜬
술꾼들
가눌 줄 모르는데

어느새
눈에는
독기가 올라

몸은
갈 지(之)자로
걸음은 열 십(十)자로
모두 얼은 듯
당당하지만

비웃듯

씩 웃는
방뇨하는
수캐 한 마리

사랑할 때

사람들은
사랑할 때
가슴을 채웁니다

하지만
거품 빠지면
앙금만 남아요

울림 없는 사랑은
시름뿐이라도
미움과 사랑은
가늠할 길 없다오

사랑과
미움은
외나무다리 같아서

맞닿아
마주볼 땐

어쩔 수 없지요

그때야 비로소
진솔된 울림을

짝 잃은 장승의 절규

너는
아는가
나는 모른다
다만
아는 건
열두 해 비벼대며
살아왔던
과거뿐이라는 걸

너는
아는가
나는 모른다
다만
열두 해 버텨 온 삶이
허망과 긴장뿐이었다는 걸

너는 아는가
나는 모른다
다만

너와 나와의 분신인
피붙이가 있다는 걸

너는 아는가
나는 알고 있다
새로 시작할 힘과
행복을 모아다가
너의 가슴에
묻어주고 싶음이
싹트고 있다는 것을

민들레 피는 언덕에 서서

•

지은이 / 최중기
발행인 / 김재엽
펴낸곳 / **한누리미디어**
디자인 / 지선숙

•

121-840, 서울시 마포구 서교동 395-13 서원빌딩 2층
전화 / (02)379-4514, 379-4519
Fax / (02)379-4516
E-mail/hannury2003@hanmail.net

•

신고번호 / 제300-2006-61호
등록일 / 1993. 11. 4

•

초판발행일 / 2009년 9월 10일

•

•

값 7,000원

•

•

ISBN 978-89-7969-352-2 03810